Irena Landau

Jaś i zaczarowany przyjaciel

ilustracje:
Elżbieta Kidacka

CENTRUM EDUKACJI
DZIECIĘCEJ

Nasze książki kupisz na:

PUBLICAT.PL

Redakcja – Agata Mikołajczak-Bąk
Realizacja graficzna projektu – Hubert Grajczak
Korekta – Anna Belter, Eleonora Mierzyńska-Iwanowska
Edycja materiału ilustracyjnego – Marek Nitschke

ISBN 978-83-245-9670-6

jest znakiem towarowym Publicat S.A.

PUBLICAT S.A.
61-003 Poznań, ul. Chlebowa 24
tel. 61 652 92 52, fax 61 652 92 00
e-mail: ced@publicat.pl
www.publicat.pl

Takich loków,
jakie ma Jaś, nie ma
chyba nikt na całej ulicy.
Ani nawet w całym mieście.
A może nawet w całym kraju.
Są czarne i kręcone.

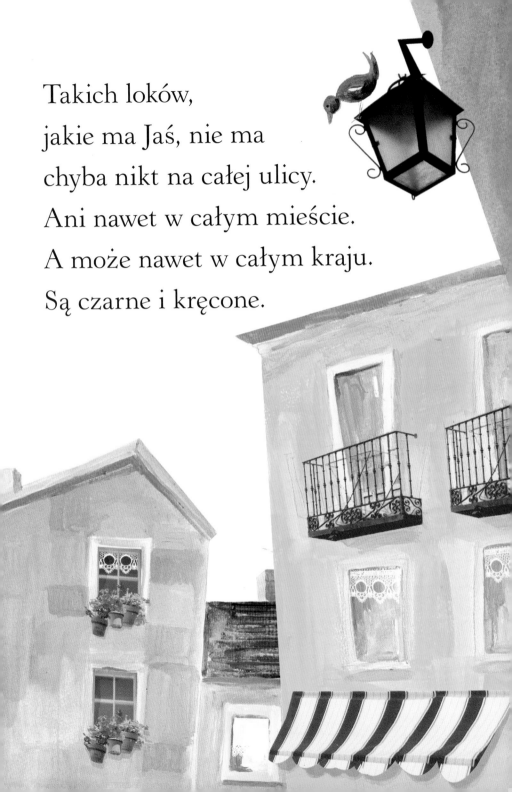

Nie pomaga żadne czesanie.
Nic nie pomaga. Im bardziej
Jaś usiłuje wyprostować swoje
loczki, tym bardziej się kręcą.
I przez to chłopiec jest
okropnie nieszczęśliwy.

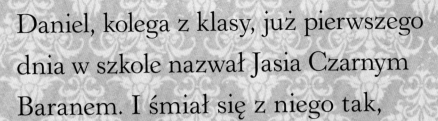

Daniel, kolega z klasy, już pierwszego dnia w szkole nazwał Jasia Czarnym Baranem. I śmiał się z niego tak, że po prostu nie dało się tego wytrzymać.

Beee...

Beee...

5

Ale pewnego dnia
Jaś namalował
kwiatki i drzewa.
A obok nich kogoś,
kto mógłby być
jego najlepszym,
zaczarowanym
przyjacielem.
Ten ludek
nazywa się
Kumpelek.

I nagle rysunek gdzieś zniknął.

Pi, pi, pi...

Za to spod szafy dobiegał
jakiś cieniutki głosik. Jaś był pewny,
że to Kumpelek zszedł z rysunku
i urządził sobie pod szafą wspaniałe
mieszkanie. I zaczarowany ogród.

8

Od tego dnia
Jasiowi nie było
już tak smutno. Kiedy wychodził
do szkoły, kładł na plastikowym
talerzyku coś pysznego. Stawiał go
na podłodze. I poczęstunek znikał!

9

Jaś wiedział, że to Kumpelek
wszystko zjadł. Ale jego przyjaciel
umiał nie tylko jeść. Umiał też
pocieszać Jasia, kiedy chłopiec
był smutny. Wystarczyło
się schylić i już słyszało się
cichutki głosik. To na pewno
Kumpelek mówił, żeby
Jaś się nie martwił.

A kiedy chłopiec stłukł
piękną kryształową
tackę ze słodyczami,
mama wcale się
nie gniewała.
To na pewno
też sprawił
Kumpelek,
któremu
smakowały
czekoladki.
Te, które
potoczyły się
pod szafę.

Ale w szkole Daniel ciągle
dokuczał Jasiowi.

Aż do dnia, gdy w klasie zjawił się
nowy chłopiec, Romek.

Tego dnia dzieci poszły na wycieczkę do parku. Romek zapytał, czy Jaś chce być jego przyjacielem. Wtedy Daniel się roześmiał. Powiedział, że to wstyd przyjaźnić się z „Baranem". Ale Romek burknął, że Daniel ma jedną dziurkę od nosa większą, a drugą mniejszą. I że jest sto razy brzydszy niż Jaś.

Boy

Daniel uwierzył
w te żarty
i poprosił panią
o lusterko.
Przeglądał się
w nim, nawet
kiedy jechał
tramwajem.
Aż pani zapytała,
czy go nos boli.

Następnego dnia Romek
ze swoją mamą przyszedł do Jasia
do domu. Jaś opowiedział nowemu
koledze o Kumpelku. A kiedy chłopcy
wyszli na chwilę z pokoju, ludek zjadł
cały duży okruch ciasta, którym
poczęstował go Romek.

W czwartek w szkole do Jasia
podszedł Daniel. Powiedział,
że przeprasza. I zapytał, czy nie
mogliby się zaprzyjaźnić. To chyba
też były czary Kumpelka.

Następnego dnia Daniel odwiedził Jasia.
Kiedy został na chwilę sam, usłyszał
szept Kumpelka. Potem zapytał, czy są
tu jakieś paskudne gryzonie. Bo chyba
zobaczył czubek mysiej mordki!

Coś podobnego! Więc w końcu Jaś nie wiedział, czy warto się przyjaźnić z Danielem. Przecież on niczego nie rozumie. Kumpelek nie jest żadną myszą. Nawet jeśli czasem tak wygląda, to dlatego, że jest zaczarowany!

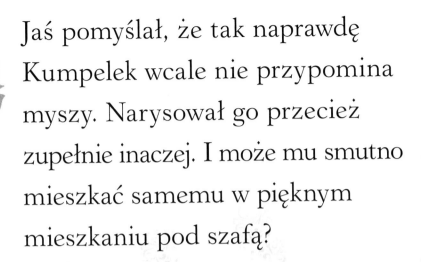

Jaś pomyślał, że tak naprawdę Kumpelek wcale nie przypomina myszy. Narysował go przecież zupełnie inaczej. I może mu smutno mieszkać samemu w pięknym mieszkaniu pod szafą?

Jasiowi zrobiło
się żal Kumpelka
i domalował mu
piękną żonę
i dwoje dzieci.

Wsunął rysunek
w szparę i teraz
wszystko jest
w porządku:
Jaś ma dwóch
przyjaciół w szkole
i jednego w swoim
pokoju.

A Kumpelek ma Jasia
i rodzinę. Kto wie, może kiedyś
wszyscy wyjdą spod szafy i będą
się bawić z Jasiem. Najlepiej we
śnie. I to w piątkową albo sobotnią
noc, bo wtedy można spać dłużej.

A w dzień Jaś i tak nie ma czasu,
bo chodzi do szkoły, gra w różne
gry, spotyka się z Danielem
i Romkiem i czyta książeczki.
Bardzo chciałby przeczytać
opowiadanie o Kumpelku.
Tylko nie wie, czy je kiedyś
ktoś napisze…